AF308887

LA NUIT DU CHICARD

AU BAL MASQUÉ.

Bordeaux, imprimerie de H. Gazay, rue Gouvion, 14.

LA NUIT DU CHICARD

AU BAL MASQUÉ,

ou

LE NÉCESSAIRE DE L'ENGUEULEUR,

PAR UN BAS-BLEU.

SE VEND A BORDEAUX,

CHEZ H. GAZAY, IMPRIMEUR, RUE GOUVION, 14.

1842

PRÉFACE.

On dirait, depuis quelque temps, que dans les bals masqués le règne de la danse et de l'intrigue a passé, et qu'il a fait place à un autre règne que l'on appelle l'*engueulage*. En effet, autrefois, comme vous le savez, c'est tout au plus si l'on aurait entendu à une très-petite distance des personnes qui causaient entre elles, et pourtant le nombre en était grand ; — tandis qu'aujourd'hui, allez dans toutes ces sortes de réunions, à peine aurez-vous mis le pied sur le seuil de la porte, vous n'entendrez que des voix et rien que des voix ; est-ce parce qu'autrefois la foule n'était pas si grande dans les bals masqués qu'elle ne l'est aujourd'hui, et que par conséquent l'on avait toute la place nécessaire pour se livrer aux plaisirs de la danse ?.... ou bien est-ce parce qu'aujourd'hui la jeunesse éprouve le besoin de rejeter hors son corps un malaise qui l'oppresse, en se disant des phrases plus ou moins piquantes, mais qui deviennent parfois excessivement amusantes tant pour l'acteur que pour l'auditeur? — une de ces deux choses est probable. — Mais le nombre de ceux qui dégoisent des choses qui ont un sens n'est pas grand; — car, sur une population de sept à huit mille âmes que contient quelquefois une salle, c'est tout au plus si le nombre des individus qui réellement *s'engueule* s'élève à cinq ou six. — Des milliers se contentant de répéter pendant cinq ou six heures de temps toujours les mêmes mots, s'élevant à une quarantaine, et je crois m'étendre beaucoup en disant quarante mots... aussi est-ce cet état de choses qui m'a donné l'idée de faire ce petit volume.

Comme vous le verrez, je n'ai rien mis de contraire aux mœurs et aux lois dans toutes les scènes qui suivent, — quoique sans doute il y a quelques sujets qui sont traités un peu librement; mais c'est qu'il serait un peu difficile de faire un ouvrage de ce genre sans se permettre quelque licence. — D'ailleurs ma pensée n'a pas été celle de croire qu'un individu apprendrait ces scènes pour aller les réciter mot à mot à un autre individu qui, avec raison, ne manquerait pas de lui dire où il les a apprises, mais bien pour qu'avec elles il puisse en créer d'autres. En effet, je crois que pour peu qu'une personne ait de l'intelligence, il lui sera on ne peut pas plus facile d'en faire de nouvelles, en prenant, par exemple, une phrase d'une scène et une phrase d'une autre, en appliquant les paroles d'argot dans des sens différents et en suivant la même marche de la scène *anglico-française*, de cette manière je ne doute pas que les prochains bals masqués soient très-gais et très-bruyants.

LES CHICARDS

SCÈNE EN DEUX PARTIES.

—

PERSONNAGES.

JUPITER.

UN SERGENT.

LE GARDIEN.

JUNON.

PLUSIEURS VOIX.

UN COCHER.

PREMIÈRE PARTIE. — LE SOIR.

(A la porte.)

PLUSIEURS VOIX. — Ho, ho, en v'là des chicards ! — c'est celui qui demeure dans la rue chose. — Non, c'est la corsetière du coin. — Ho, cett'balll !..

JUPITER. — Ho, hé, peuple, — au large, ou d'un seul coup de baguette je t'extermine !....

JUNON. — Dis donc Gust... Jupiter, « crrr... jamais je ne saurai dire ce diable de nom, » as-tu pris le *passe?* — en cas que je veuille me retirer de bonne heure.

JUPITER. — Que baragouines-tu, petite sotte... tu me demanderas ça demain... Hé, madame la buraliste, deux billets, un pour moi et un pour ma moitié.....

UNE VOIX. — C'est pas vrai... c'est pas de moitié... c'est un homme en femme... c'est une *frime!*

JUPITER. — Mille tonnerre! quel est le petit bipède qui se permet de me contredire?..

JUNON. — Ohhbh!.. mon petit bichon, — j'ai froâ, — rentrons vite.

UNE VOIX. — C'est le saute-ruisseau et la cuisinière de son patron... Connu!.. connu!.. beaux masques...

JUPITER. — Quand je parle, — le peuple tremble; — c'est moi qui foudroie!....

JUNON. — Ouii, je tremble, — mais c'est pas de chaud.

(Au contrôle.)

JUPITER. — Au nom de tout ce qui est sous mes ordres, — moi le roi des rois, — le fameux vainqueur des géants de la *Laponie*, — moi qui vais vous électriser, si vous ne me laissez pas passer...

JUNON. — Oui... moâ Junon, la femme de Ju-

piter, que voâlà... moâ qui commande les royau-
mes et qui... Dis donc Gusta... du moins Jupiter,
— vois-tu là bas Sophie qu'est avec son mylord?..
Ho, hé, Sophie... c'est moâ... ici... ho, cett'bé-
gueule, — elle tourne la tête.

JUPITER. — Tu me déshonores, petite *chipie*. (*Au
gardien de manteaux, etc.*) Voilà mon burnous,
— voilà le schall de mon *épouse*, et surtout ayez-
en beaucoup de soin, — ou autrement... tonnerre!..

JUNON. — Dis donc Ju-pi-ter, — ma robe n'est
pas crottée?.. Tiens, tiens, voâlà le petit ju-n'homme qui me doit douze repassages... de chemises.

JUPITER. — Chrré petit démon de femme... te
tairas-tu?..

UNE VOIX. — Dieu, quelll dieu!..

JUPITER. — Hé ben, ombre de Vulcain, si tu
ouvres encore une fois la gueule, — d'un coup de
pied je te précipite dans l'île de Lemnos...

LA MÊME VOIX. — Ha, ah, il a, il a *a pris sa
mitre au logis.*

(*A l'entrée de la salle de bal.*)

JUPITER. — Bravo! bravo! brrravissimoooo!
vive le galop! — Hééé, dis donc la camargo, tu te
penches un peu trop sur ton débardeur. — Ho,
hé, toi le *chicard*, ta perruque tombe. — Pata-
poufff, Bacchus, sa bacchante, et Triton, qui

viennent d'essuyer un parterre..... (*A Junon.*) Colle-toi sur mon avant, et pinçons un brin de ce galop.

JUNON. — C'est l'infernal?.. Aïe! le cordon de ma pantoufle qui vient de se casser.

JUPITER. — Noue-le vite... mille bombes... — Ahhh! bon, le galop est terminé.

JUNON. — Hé ben, à l'autre... Mais c'est Sophie que je vois tout à fait là-bas, au bout de la salle? — elle est toujours avec son mylord... Oh! laisse-moi y aller... je veux, je veux l'intriguer.

JUPITER. — Et va-t'en au diable... Mais à la fin du bal tu m'attendras à l'avant-dernière loge, à droite, en passant par la gauche... tu entends?....

JUNON. — Ouiii, — oui!..

JUPITER. — Ouffff... m'en voilà débarrassé. — Chrré nom d'un nom, quelle charge!.. Ohh! mille bombes, vais-je m'en donner... Au large, les caravanes de débardeurs, — de rouliers, — de chicards, — de badouillards... Ho, hé, la petite cantinière, me promets-tu la prochaine contredanse?

UNE VOIX. — Avecq pélézir...

Crric !....

(La deuxième partie à la page 37.)

SCÈNE I.

Pufff, quell peuple ! — Ho, hé, la musique ! — Place pour quatre ; excuse, mon vieux. — Qué que tu veux, moutard, *bougre* de petit mufle, sacré sale crapaud sorti d'une mare bourbeuse ? — va-t'en donc avec ta compagnie, les grenouilles, les sangsues, et les rats, — entends-tu ? ce n'est pas ta place dans une salle comme celle-ci, au milieu des sylphides et des coryphées, que tu ne vois pas, il est vrai, attendu que t'as les *ardents* bouchés par la pourriture, ho ! hééé, allons donc, circule vite, tu infectes toute la salle, — t'as les foies en compote : — je vais porter plainte à la municipalité..... Messieurs, par ordre et pour la salubrité publique, pas d'infection dans cette salle. — La vermine, les mouches, les chenilles, et tous les insectes de ces races-là sont après toi à te ronger... Mais tu aurais dû attendre au moins qu'ils t'eussent rongé jusqu'aux os pour venir ici, parce qu'alors quelque saltimbanque se serait bien chargé de t'y porter dans un bocal plein d'eau forte (bien entendu)... en guise de curiosité.

SCÈNE II.

Ho, hé, allons donc, sacré orang-outang, sale magot, — tu n'as seulement pas balayé le devant de ta porte, à ce qu'il paraît, — car tu portes toutes les traces du fumier et de la saleté qui séjournent devant ta maison, — c'est-à-dire devant ton écurie. — Si tu continues à être aussi sale, tu vas devenir teigneux, gahet, galeux, la gangrène se mettra après toi, et les Bordelais seront obligés de te reléguer à la lande de Pezo, ou, autrement dit, le cimetière des mulets et des ânes de ton espèce... Ho, hé, l'inspecteur de la salubrité publique, envoyez donc vite un de vos boueurs ici pour ramasser ce tas d'immondices !....

SCÈNE III.

Ho, hé, dis donc le touffu... qui est-ce qui t'a donc si bien harnaché depuis les pattes jusqu'à la gueule, y compris ta tête teigneuse? — Chré nom d'un nom ! — t'as les yeux comme ceux d'une chouette; — quel est donc l'oculiste qui te les a si bien enfoncés? — et ces quatre dents qui ornent ta mâchoire; — le charlatan qui te les a clouées t'a mis bogrement *de dents* (dedans), se sont celles d'une bourrique morte de l'escorbut. — Dieu! et ce nez! — quoi? — mais c'est une taupe qui s'est pétrifiée sur ton visage, ce n'est pas possible autrement, car plus on t'examine et plus ton corps se métamorphose en dindon. — Jette un coup d'œil sur tes pattes et tu verras si elles ne sont pas exactement tordues, biscornues, comme celles d'un oiseau de proie; — et ce ventre, véritable coffre de pourriture : — si je n'étais que toi, ma foi, j'irai tout de suite à l'entreprise générale des vidanges, où, moyennant une diminution sur le prix courant, on te l'achètera pour le mettre au nombre des tinettes. — Ho, hé, montons un peu... nous arrivons à cette poitrine, véritable carcasse de chat-huant; et cette tête perchée sur un col de cigogne. — Descendons à ces triques, — jambes de paon ou aiguilles à tricoter de ma grand'mère; en un mot, tout ton personnel (tu ne peux pas dire le contraire), est surmonté sur de véritables pieds de porc, confits, sans doute, dans des fromages de Gruyère, car à chaque instant ils exhalent des odeurs, mais des odeurs épouvantables..... J'en demande aux auditeurs.....

. . . .

Je m'arrête là, — sur la description de tout ton toi... mais sois persuadé que je ferais bien la nomenclature d'autres *individus* adaptés à ta personne, mais la pudeur ne me le permet pas; — je respecte les mœurs.

Messieurs, si l'on ne répand pas du chlorure de chaux dans la salle, nous allons être empesté par cet entrepôt d'infections.....

SCÈNE IV.

Ho, hé, petit Mardochée, quelle est donc le quadrupède qui t'a si bien paqueté ou massacré ce costume? — c'est sans doute le tailleur d'une ménagerie, car là-dessous tu as toute la ressemblance d'un orang-outang. — Chré nom d'une belle, si j'avais un physique comme le tien, j'irai de suite m'enfoncer dans un bûcher ou dans une salière, parce qu'alors le feu et le sel enlèveraient toute cette vermine qui sous tes hardes dévore ton individu, et évaporeraient ces exhalaisons de fiente humaine que tu répands dans toute la salle. — Tu es employé à l'entreprise des *orfèvres de nuit*, sans doute, hein?.... Qui ne dit mot, dit oui..... Ainsi, j'ai mon *numéro* 100 qui a besoin de ton ministère, et même, si tu veux, pour éviter les frais, tu pourras te servir de ta gueule en guise de tinette, alors tout le bénéfice sera pour toi.....

SCÈNE V.

Ho, hé, toi là bas, — arrive donc ici, — tourne donc par là, sale cureur d'égouts. — Voyons un peu cette touche. — Chré dieu, l'insecte qui t'a pondu était sans doute aveugle ce jour-là, hein ? — car il n'aurait pas pu laisser exister sur la terre une pareille chenille. Allons donc, circule vite, va donc te renfermer dans ton trou, petit mirmidon. — Le ciel et la terre sont offensés de voir un pareil monstre parmi les humains, — au point qu'ils vont te donner leur malédiction; — ils vont faire fondre sur toi une nuée d'individus, comme ils le font sur tous ces grenadiers que l'espèce humaine met en faction devant les murs; — et tu sais que quand tous ces moucherons abandonnent leur proie, ils la cèdent à la vermine : — voilà à quoi tu vas être exposé.....

SCÈNE VI.

Ho, hé, toi... lèche tout... va donc te faire ramoner, car la saleté séjourne sur toi absolument comme sur un urinoire..... De quel pays es-tu, sale *ferlampier ?* [1] positivement tu n'as pas passé au contrôle, attendu que les *railles* [2] t'auraient

[1] Bandit. — [2] Agents.

reconnu pour un habitant du *pré* [1]; — hein, me
comprends-tu à cette heure, vilain *fagot* [2]; tu ve-
nais ici pour *nourrir le poupard* [3], peut-être ? —
ta filoche est à jeun [4]; va te faire empoigner plus
loin, horrible *gouèpe* [5]. Toutes les fois que tu ouvres la gueule il en sort des infections pareilles à
celles qui séjournent dans un charnier; — tu en es
peut-être le chef ? — C'est toi qui *chourine* [6] les
quadrupèdes ; — hé ben, tu ne réponds pas ?.. tu
fais agir tes *ailerons* comme le télégraphe; — est-
ce que tu *dévides le jars* [7] en signes, par hasard ?..
Tiens, c'est assez drôle, — je m'adressais à un
sourd et muet de naissance...

SCÈNE VII.

Ho, hé, dis donc la jaunisse, tu ferais bien mieux
d'aller te purger, au lieu de rester au milieu d'une
foule si bruyante; — tu y figures mal, excessivement mal. — Mais écoute, par humanité, — je vais
te donner un remède aussi bon qu'*Esculape* aurait
pu te le donner : tu vas prendre des pilules mêlées
avec une potion de verre brisé, une gousse d'ail,
une once de bois de chêne, une douzaine de pi-

[1] Bagne. — [2] Forçat. — [3] Préparer le vol. — [4] Ta bourse
est vide. — [5] Vagabond. — [6] Egorge. — [7] Tu parles l'argot.

ments, quinze hannetons cuits avec une demi-once de serpent boa, — le tout assaisonné à l'essence de fiente, tu avaleras ça tout bouillant, positivement ça te fera un bien charmant, — ça te dégagera les intestins et le canal de la mangeaille, — et alors il ne sortira pas de ton cadavre ces exhalaisons horribles qui sont dans le cas de répandre la peste dans ce local. — Ne t'approche pas autant de moi... Ho, hhééé... vous autres, reculez-vous, — laissez-le passer. — Vous ne voyez donc pas qu'il va à l'hôpital et qu'il aurait bien envie de ne pas y aller seul...

. . . .

Ho, hééé... les municipaux, — si vous n'ouvrez pas toutes les portes, toutes les fenêtres, — l'haleine infecte de ce dépôt de maladie va répandre la suette dans cette salle!!...

SCÈNE VIII.

Ho, hé, toi... petit rougé, — tu as l'air d'un insecte sorti de la crasse de l'écume de mer; — arrive ici et réponds-moi à l'instant... ou autrement garrre la fosse aux lions... 1° dis-moi si quand il y a flot, il y a marée? 2° sais-tu nouer le point de ris? — sais-tu passer une garcette? hêle-moi ce débardeur qui là bas ne fait rien qu'aller de babord à tribord? Chrrré nom d'un tonnerre, tu ne réponds pas? Jonas sorti de la *caussive* [1] de la baleine n'eut pas l'air plus étonné que tu ne le parais à mes questions, mille bombes, et tu oses endosser cette jacquette; tu n'as pas peur que la barre de cakatoa écrase ta dunette, ainsi que tes pattes de chat. Allons, en avant, marche, ou je bastingue.

SCÈNE IX.

Chrré nom de nom, de nom, mille bombes! — laissez donc passer mon individu; — arrière, toi, petit ka-li-kot;— tu as l'air, sous ce costume, du premier lèche orteil du très-bas et tout plein de sang kok-li-ko, descendant en droite ligne du fils de la lune, empereur du diabolique empire ou bien encore du porte torchon et porte *sebsy* [2] d'Abd-el-Kader, ce véritable chef de bande de *sarakot* [3]. « Mais laisse donc passer cet ignoble couple, — l'un a la mine d'un commissaire d'enterrement, et l'autre, avec son long *beguin* [4], d'une vraie plieuse. » — Au fait, il faudrait avoir des yeux d'argus ou un microscope pour pouvoir te distinguer. — Si tu restes plus longtemps dans cette salle, —

[1] Ventre. — [2] Pipe (en arabe). — [3] Voleurs arabes. — [4] Bonnet.

bien sûr toute cette masse va te fouler, — t'é-
craser, — te broyer sous ses *arpiands* [1], quoique,
à la vérité, un seul suffirait parbleu bien, — car ton
corps est dans un état de putréfaction horrible. —
Mais recule-toi donc, petit *mirmidaine*. — Déjà
des symptômes de peste commencent à se déclarer
dans la salle; — quel est donc l'insecte qui t'y a précipité? — est-ce un chat-huant qui, de Chine ou
d'Afrique, t'y a porté entre ses griffes, ou y est-tu
venu dans le *bahut* [2] d'un marcassin? — c'est ce
qui est plus croyable, — car outre l'infection qui
s'évapore de ton cadavre, tes hardes sont encore
toutes empreintes d'excréments de ce petit animal... Si tu ne t'en vas pas d'ici à l'instant même, —
nous allons être obligé d'aller chercher quelque
ramasseur de cadavres de chiens pour te faire
percher au paratonnerre de ce théâtre, et, si d'ici
au jour des Cendres les oiseaux de proie ont fait
de toi leur affaire, alors, au lieu d'un mannequin,
les Caudéranais pourront se servir de ton squelette
pour enterrer le carnaval !.....

SCÈNE X.

Ho, hé, toi squelette de damné, — quel est donc
le mauvais génie qui a pu te donner l'idée de venir te présenter dans cette salle? — Chrrre diei...

[1] Les pieds. — [2] Coffre.

non, jamais,— depuis que le firmament est firma- ment; — depuis que le genre humain l'habite, — jamais l'on avait vu un sphinx de ta trempe; — le minotaure,— l'hyppocentaure,—les cyclopes,— les centaures,— l'hydre de Lerne, en un mot tous les monstres les plus effrayants que l'on puisse s'i- maginer, — sont des modèles de beauté à côté de ton horrrrible physique; — Titye ne fait pas la millième partie des grimaces que tu fais, — même quand le vautour lui déchire les entrailles.— Tes yeux, — s'ils n'étaient pas enfoncés, sourcillés, encombrés absolument comme ceux d'un animal que les israélites abhorrent,—alors on pourrait voir quelle en est leur couleur infernale. — Tant qu'à tes bouts de pattes que l'on aperçoit, on ne peut les comparer qu'à celles d'un vieux crapaud des- séché.....

Ho, hé, les rouliers, les postillons, les maqui- gnons, allez donc vite chercher vos alézans ; vos rubiconds, et nous attacherons cet oiseau à leurs queues, — absolument comme on le fit *dernière- ment* à Brunehaud... Ho, hé, quel galop ! en v'là un. Vive le galop... à cheval !.. Ha, ha, tu fuis excè..... ho, bhééé, là bas, — prenez donc garde à ce tas de nippes graisseux, — ne vous y frottez pas..... vous ne voyez donc pas que c'est quelque détacheur qui veut *tâcher* de se procurer de l'ou- vrage par tous les moyens possibles.

SCÈNE ANGLICO-FRANÇAISE.

Mylady,—jé vo, jé voolé bien démandée à voous schi voous vooulé poomettt le déenière contré-dangse poor le poochaine quadrilll..... le tootlt jïn-tillï et petitt quadrill; — je fesé la pooposichion à voous et jee... été schiur quee il été hachepté... yes ecée searatzunïzun graand honour poor *voous*... Googdem que ça été bœau, ça été d'un magnifi-cence ébloïssant, — et le mousique il était faout bon, faout appétissant, — j'aimé boocoupp !.. lé mousique faánçaise. Jé allai vogyager avéée my-lady, — schi il voolé bien le péemette, dians ce schall;—la faançais, et seuttoutt lé *boldelait,* il étéé bien dooux... yes... il éétaitt d'oun béatifult sou-perbe poor moâ... Schiiii-i-i-i mylady voolé, oun chat.... gât... yes gogdeim, jé né pooveet pas diere cette pétitt mootte, — ouun gââtot hafaissyssantt.— Ha, ha, voâlà le mousique qui joogue bien foort togious..... Mylord veut-il faire vis-à-vis avec

nous ?.... What do you say... i big... ohh! googdem, cé poolissome, el m'ontt dogné oun cooupt
dééci chevill dent la piedt gooch... Jé allai pootéé
moun plaintt à son maagestté britanicq... voos
entends, moovét faançais ; — jé en avé lé kiœur
tooutt plaine de meortrissur. — Schi je lévée moun
meims schieur lé tettt de cett stupid animal...
doogné oun coopt de piedt à oune midshipman déés
frégattt lée Coourageue. — Oh !.. goodem, — jee
jéééee... jé avé un coliq qué alléé doouéee à moâ
oun rélâchementt dianss toout lé vente... yes.
Mooun lioness aoù il était doounc allée... jéée avé
péodutt mooun lioness dé faamm... ce était voous
quelle était lé coause de cett petittt malhour, —
vous étiée oun moové assne, — doy-hog dée coo-
chon..... Ah ! ah ! yes... jé le vooyée mooun lioness de faam... il étéé là... dians ce looge... lée-
chez moâ mooimté dians ce looge... Gaaçons, pooté
là le échell... Mylady, mylady, — cétée moâ. —
Ohhg, je toogmbée paaterre, goog... ohgh.....

RÉPARTIES.

.....Ho, ho, en v'là une belle, elle est soignée; — tu dis que je suis tout *tortillé* [1]; et toi, à quoi ressembles-tu ? — c'est parbleu bien le hibou qui se moque du faisan. — N'as-tu pas absolument toute la mine *d'un bibarde gaye de trimballeur de voite ?* [2] — Ton ventre, ne dirait-on pas que c'est un bahut à fraude : — je suis sûr que tu ne passerais pas devant les *sondeurs* [3] sans qu'ils t'arrêtassent; ils te prendraient pour un *passe vessie* [4], et au lieu d'y trouver de l'*eau d'aff* [5], qu'y trouveraient-ils ? — de la pourriture. — Et ton nez, ne fait-il pas le même manége que les *fauchants* [6] d'un tondeur de chiens, quand il les fait aller. — Ho, hé, je te *médecine* [7] de ne plus ouvrir ton *four* [8], car chaque fois tu nous fais voir des *palettes* [9] que l'on ne peut comparer qu'à celles dont se servent les cureurs d'égouts. — Hé bien, à cette heure, voudras-tu encore t'aviser de critiquer les autres, petit mome : — allons donc, va te *riffander* [10]. — Va, tout ton corps est dans un

[1] Contrefait. — [2] D'un vieux cheval de cocher de carriole. — [3] Commis de l'octroi. — [4] Contrebandier. — [5] Eau-de-vie. — [6] Ciseaux. — [7] Je te conseille. — [8] Ta bouche. — [9] Dents. — [10] Chauffer.

tremblement pareil à celui d'un chat écorché sortant de l'eau froide. — Est-ce que tu as la *glaçante* [1], par hasard ? — mais je ne *dévide* [2] plus avec toi, car vraiment, quoique je sois à quatre pas de ton squelette, l'odeur infecte et le venin de ton haleine seraient dans le cas de m'empoisonner.

. . . .

Voyez donc cette rage, je parie que la bave lui sort par les narines; — ah, si ses yeux de faucon étaient canon, — y a-t-il longtemps qu'il m'aurait mitraillé de chassie, ce petit punais; aussi, quelle diable d'entreprise as-tu été prendre, — de venir nous débiter des mots pourris, barbarismés, — verminés, quoique, au fait, d'un sale mufle de ton espèce, que peut-il sortir, si ce n'est de la pourriture et des exhalaisons horribles qui seraient dans le cas de mettre une chienne dans des convulsions terribles, et même de la faire avorter d'un second mufle de ta race.

. . . .

Ho ho, ne parlons pas de cet article, car je suis sûr que la plus sale femme du plus bas quartier

[1] Fièvre. — [2] Parle.

du. . . . .

. . . . Halte-là !..

. . . . Nous vous saluons, monsieur le mu-nicipal.

. . . . hors donc, tu vois, tu t'es précipité dans un gouffre où tu resteras toute ta sale vie.

. . . .

. . . . Tu m'as parlé du Bagne, tout à l'heure ?..... et il n'y a pas de doute que tu peux m'y avoir vu, — car j'y ai resté dix ans !.... et je m'en fais gloire, qui bien plus... Mais attends, attends, mon luron, — je te reconnais : n'étais-ce pas toi qui servais la *sorgue* [1] à tes compagnons, — les *fagots à perte de vue* [2], mais que te sachant on ne peut pas plus coupable, tu étais plus soumis qu'eux, et par conséquent tu avais la jouissance d'être leur domestique, pour un quart d'heure de travail que tu avais de moins qu'eux par jour.....

— Tu sauras que l'on reconnaît un grand criminel à la paresse; — elle est la mère de tous les vices... malheureux !.... il aurait mieux valu que

[1] Le souper. — [2] Forçats à perpétuité.

tu eusses avalé ta langue plutôt que de venir révéler un fait si grave... car à cette heure il ne reste que pour toi l'opprobre, et à moi l'honneur..... C'était par politique que j'avais été condamné... et lui... lui, ce monstre, c'était pour avoir violé une femme *nonagénaire.*

. . . .

Les bagnes... mais j'ai commandé le port pendant quinze ans, il est fort possible que tu m'y as connu, — surtout si tu étais plus *ferlampier* [1] que tes *zigs...* [2] Mais, tiens, tiens, tiens, n'est-ce pas toi qui lors d'un incendie tu t'échappas, — et ce fut même *charlot* [3], que tu voulais *escarper à la capahut* [4], qui te *lava le linge* [5] et te ramena ?... Chré nom d'un *jars* [6], il aurait bien mieux fait, puisque c'est son métier, *de faucher les fagots* [7], de te donner la *carline* [8], de *t'entailler* [9] et de t'enfoncer dans le *mannequin du trimballeur des refroidis* [10], joli petit voyage au bout duquel tu aurais pu offrir tes services au *boulanger qui met les âmes au four* [11]. — Mais je te conseille de t'en

[1] Bandit. — [2] Camarades. — [3] Bourreau. — [4] Assassiner pour le voler. — [5] Il te rossa. — [6] D'un argot. — [7] D'exécuter les forçats. — [8] La mort. — [9] Tuer. — [10] Le corbillard du cocher des morts. — [11] Au diable.

aller un peu vite, — attendu qu'il y a par là, dans la salle, des *curieux* [1] qui pourraient bien aller te dénoncer au *quart d'œil*, et te faire *remettre sur la planche aux pains* [2] *pour te faire donner une fièvre cérébrale* [3]; ainsi, si tu n'as pas envie de faire connaissance avec *l'abbaye de monte à regret* [4], — va-t'en vite chez *l'ogresse* [5], où tes *zigs* t'attendent.

[1] Juges. — [2] Remettre au jugement. — [3] Et te faire condamner à mort. — [4] Avec l'échafaud. — [5] L'aubergiste.

A PROPOS, ALLUSIONS, ET BONS MOTS.

Laissez donc passer ce mosieu... mosieu est élec-
teur, il paie 13 fr. 5o c. d'impôts, — y compris
les poids et mesures, — sur un sérail qu'il a l'honneur de posséder dans une rue de..... Je vous
donne tous ces détails pour qu'à la prochaine as-
semblée il soit élu représentant au premier tour de
scrutin. — Alors, il soutiendra la fameuse ques-
tion sur les capsules de Mothes, — ainsi que sur
des maladies tant cutanées qu'invisibles. — A sa
mort il sera renfermé dans un bocal : — les lamen-
tations seront grandes... les courtisanes s'assem-
bleront immédiatement, et elles décideront à l'u-
nanimité que les restes de ce cadavre seront pla-
cés à côté de ceux du roi des *harlots* [1].....

[1] Il y avait autrefois dans chaque grande ville de France
un commissaire qui était spécialement chargé de la surveil-
lance des filles de joie : — on l'appelait vulgairement le
roi des harlots.

Ce jour-là il paraîtra une comète dans le ciel :
— grande décharge dans les formes et les règles
en souvenir de cet être impuissant !..

— Mais, au fait, c'est une très bonne idée que l'on
a eu de faire des pompiers du genre masculin ; —
quand ils sont à un incendie, par exemple, — si
les pompes dont ils se servent viennent à crever,
— ils ont la jouissance d'avoir recours à une pompe
qui les suit partout, — tandis que si l'on en avait
fait du genre féminin, voilà la différence, c'est
que les *pompières* n'auraient pas la même faculté.

— Enfants de la danse, — du haut des cieux
Therpsichore vous contemple !..

— Le général du chassé-partout ordonne que
la salle se vide à l'instant même... Soldat, exécute.

— Peuple, je suis l'envoyé plénipotentiaire de
sa majesté ; — elle vous fait dire qu'elle en est émue.

— Les Français se masquent, — mais ils ne se
rendent pas !..

— Allons, enfants de la *cancanerie*, — chapeau
bas, — à genoux devant votre souverain... le *bo-
lero burlesque.*

— Sa majesté le roi des *galops* va, faire bombarder la salle à l'instant même... par ses galopins.

— Eh ! quoi, enfants de la *cancanerie*, ne me reconnaissez-vous pas ? je suis votre général, votre emp..... le *jaleo burlesque*. — S'il est parmi vous un descendant de la *jota aragonaisa* qui veuille siffler son gé..... son empereur, il le peut..... le voilà ! ! !...

— O belle Wili, me promets-tu la vingt-unième contredanse et le soixante-douzième galop ?

— Quelle calamité, une fille de Therpsichore donner le bras à un descendant de Vulcain.

— N'est-ce pas le beau truffaldin ?.. Ha, bon, il a ouvert son bec... Ho, hé, le boulanger, n'y a-t-il pas des mitrons dans la salle pour enfourner quelques douzaines de pains de munition dans la gueule de ce beau merle ?..

— Vite un rapin pour peindre ce tableau. Je vous demande un peu si l'on ne dirait pas absolument un tas de grenouilles adorant le soleil.

— Il faut lui appliquer des sinapismes, des moxas et des ventouses scarifiées, à ce pauvre pe-

tit mioche, et l'inonder d'essence de térében-
thine.

— Si l'on ne fait pas déguerpir de la salle ce *mauvais air*, — bien sûr il va répandre le choléra dans
cette *belle enceinte* [1].

— Si les anguilles s'introduisent dans la salle,—
garrre, garrre, les poissardes vont encombrer la
Seine (scène).

— O jeune homme, je n'ai pas l'honneur de
te connaître, mais je reconnais à tes longues oreilles
que tu vivras dans la postérité...

— O homme, tu as manqué ta vocation, ce
n'est pas dans cette salle que tu devrais être à cette
heure, — c'est aux champs de bataille. — Ce nez
que tu portes au milieu de cette face est l'emblème
du courage. Oui, ce nez bleu-vert-jaune qui put à
vingt pas, le maréchal Ney n'a jamais vu un nez
comme ton nez est nez. — O oui, homme, —
tu es né entre un lion et une taupe !..

[1] Cette allocution doit être faite à un individu donnant
le bras à une femme qui aurait l'abdomen un peu gros,—
et montrer en même temps de la main, toute la salle.

POUILLES OU POT-POURRI.

Ho, hé, dis donc, sale pélican, vilaine peau de requin, — rat écorché,— te tairas-tu, vieille chique sucée par un crapaud, — mauvais renard étranglé;— chrénom d'un chien, quelle mâchoire! Ho, hé, allons donc cheval rongé par les mouches, — squelette de damné, — va-t'en dans ton trou, — mauvaise taupe. — Hé, garçon, — une bavaroise à ce bicoco, pour faire passer une arête qui s'est arrêtée au cou de cette grande cigogne : — enfoncé, il ne dira plus mot. Tu recommences, enfoncé donc un alézan dans le ventre de ce vieux *rifflot ;* — allons zutt... vieille tortue, oiseau de mauvaise augure, — gros cornichon, — vilain concombre, — exécrable rejeton de Sodome; — allons huuttt... c'est assez... tu es enfoncé... enfoncééééé... Ho, hé, toi là bas, arrive par là..., automate métamorphosé en roulier; hé ben, répondras-tu, vieux brancard cassé,— roue démontée, — toile d'emballage usée, — va-t'en te coucher dans ta niche à chien..... Ho, hé, toi, débardeur, invite donc ce domino à danser; — il fait une mine de pénitent. — Ah, ah, il a ouvert sa gueule : — ho, il a les dents aussi blanches que les points du double six.— Laissez donc passer ce représentant de Bacchus, vous autres...

il veut faire l'ivre, — il n'a bu que du cidre ; — ça se connaît, mon vieux... Hééé, petit marin d'eau douce, va-t'en donc grimper au grand mât de perroquet de cette autruche, — là, dans cette loge; chré nom d'un nom, appareille-lui donc son voile, ça cachera ce mât de misaine qui orne son avant. Ho, hé, le commissaire... pompier, faites donc sortir ces deux chicards, — là bas; ils dansent la chahue, — hhhhhuuu, hu, hu, hu. — Municipal, faites donc mettre au *violon* cet oiseau qui me lorgne.— Vive le municipal! — Garrre l'eau, entends-tu? sale carcasse de chien, — cancer, — bec de chat-huant,— ne *chourine* pas, *macarone* [1], ou je te crève les *ardents* [2], mauvais badouillard, — aileron de requin. Ho, hé, allons donc petit chien à la mamelle... Pufff, plus de gaz..... Ho, hé, quelles ténèbres!— A bas les encombrements! T'en veux toujours, petit titi enroué... ho, hé ben, alors passe dans ce *trou de l'espion* [3], et allons de suite sous le *pendu glacé* [4], ou autrement à l'an prochain!....

[1] Traitre. — [2] Yeux. — [3] Petite ouverture.— [4] Réverbère.

DEUXIÈME PARTIE. — LE MATIN.

(Dans la salle.)

JUPITER. — Ohhh! chrré petit... tonnerre, m'a-t'il poché!—Mais tiens, empoigne, (*il donne un coup de poing qui va heurter contre la porte.*) Aïe, aïe, mille bombes, quel visage; il est aussi tendre que le rocher du mont Caucase. Ho, hé, Junon! Junon! (*Junon arrive précipitamment; ils se cognent l'un contre l'autre et vont tomber chacun de leur côté.*)

JUNON (*se relevant*). — Et d'où sors-tu, vilain bicoco? m'avoir laissée toute seule pendant six heures de temps; — encore si ce clerc d'huissier ne m'avait pas abandonnée. En ai-je fait de ces rencontres : — un anglais qui voulait me payer des gâteaux rafraîchissants, et que j'ai laissé pour un *scélérat* de carabin qui voulait à toute force me faire payer des glaces... Mais c'est immoral... une femme payer un homme... ho !

JUPITER. — Parbleu, je ne m'étonne plus de ne pas t'avoir trouvée si tu avais tant de connaissances : qui sait où tu étais.

JUNON. — Où j'étais... fichtre, où j'étais moâ, ici... là bas... en *haut*... au paradis... et je ne t'ai vu nulle part.

JUPITER. — Ha, tu as été au paradis; — toute seule, sans doute.

JUNON. — Fi donc, toute seule, avec mon clerc d'huissier donc ; et même que nous avons joliment ris. — Ah, ah, ah, aaavons-nous ris.

JUPITER. — (Si je pouvais encore en dire autant de mon domino). Tonnerre, tu vas d'abord me remettre cette chaîne, qui est ma propriété, — elle m'appartient, attendu que je l'ai retirée de chez l'*oncle* ; tu vas me donner ce loulou, parce que je l'ai acheté hier soir, — et qu'il pourra bien servir pour un autre, — entends-tu, mille bombes.

JUNON. — Ohhh! grâce, mon petit bichon, grâce, on me reconnaîtrait, je vais pleurer, là, hi, hi, hi, quel toort *jesus* moâ ; c'est vrai qu'il m'a dit viens au poulailler, et ensuite je te bourrerai de glaces. — Le moyen de refuser, moâ qui n'ai rien pris depuis hier ; — et d'ailleurs, si je t'avais rencontré.....

UN SERGENT. — Hé, le bourgeois, — l'on va-t'à l'instant fermer les portes.

JUPITER. — (Diable, moi qui ai dépensé tout mon argent et le sien : — dissimulons, dissimulons). Tu dis qu'il t'avait promis de te rafraîchir; et moi qui ai commandé tantôt des bavaroises, tantôt ci, tantôt çà, et toujours dans l'espoir de te trouver; mais tu sais bien que nous ne nous étions donné rendez-vous que pour la fin du bal.

JUNON. — Oui, je sais... aussi tu ne m'en veux pas?

LE SERGENT. — Uné fois, deux fois, trois fois, — au nom de la loi, sortirez-vous ?

JUPITER. — Allons, en avant; — oui, le sergent, nous obéissons à la loi, ainsi qu'à votre digne-tê- te...

(Au bureau des cannes, manteaux, etc.)

JUPITER. — Ho, hé, l'ancien, — mon burnous et le schall de ma dame; — et voilà le billet, qui porte, je crois, le n° 1313.

LE GARDIEN. — Treize, — vous voulez dire : vous y voyez double, mon garçon; prenez, pre- nez vos affaires, et payez... ce que de droit.

JUPITER. — *(A part.)* Ha j'y vois double; — hé ben j'espère qu'avant quelques secondes tu n'y ver- ras pas du tout. *(A haute voix.)* Combien vous dois-je, mosieu le *quai scier?*

LE GARDIEN. — Mosieu, je ne suis pas *quai scié,* je suis *dix recteurs de mon bureau...* C'est dix..... cinquante centimes.

JUPITER. — Voilà. — *(Il donne un coup de poing sur le chapeau du gardien, qu'il enfonce jusqu'à ses épaules.)*

JUNON. — Ahh !..

JUPITER *(l'entraînant).* — Salut, braves munici- paux ; — salut, salut, — Jupiter vous vénère.

LE GARDIEN. — Oh! oh! j'é... j'éto... j'étouffe... oufff... au secours! — Où est-il? arrêtez, arrê- tez.....

(Sur la place.)

JUNON. — Ah, mon Dieu, quel coup, — j'en suis toute tremblante.

JUPITER. — Te tairas-tu, petit serpent. — Dieu, quel temps de dieux !

UN COCHER. — Une voiture, monsieur, v'là le cocher ; — il tombe de l'eau.

JUNON. — Oui, ouvrez-nous vite la portière.

JUPITER. — Qu'est-ce que tu dis ? — passe vite sous mon burnous, — ou autrement je te dégringole et te plante là. — Allons, en avant, marche, au galop.

JUNON. — Aïe ! tu me fais mal.

LE COCHER. — Ho, hé, vieille *cagote*, tu n'as pas 15 centimes pour aller en *homme y bu*, — et tu voulais un fiacre.

JUPITER. — *(Dans le lointain.)* Chrrrré mille bombes, — marcheras-tu, maurv..... rr... e...
(Dans ce moment le tonnerre gronde, la pluie tombe : Jupiter et Junon se mouillent.)

LE SERGENT. — Au voleur ! arrêtez, arrêtez. Avez-vous vu passer un homme et une femme ?

UNE VOIX. — Oui, ils s'en vont de ce côté-là.

LE SERGENT. — Diable, mais il tombe joliment du bouillon.

Crrac !

J'ai pensé qu'il ne serait pas mauvais d'augmenter ce petit ouvrage d'une série de calembourgs, attendu qu'il y a encore beaucoup de personnes qui, dans les bals masqués, aiment ce genre d'amusement; — et, outre cela, ils pourront aussi servir au délassement des longues soirées d'hiver.

CALEMBOURGS.

Blanc-Blanc , mon ami, dis-moi un peu , quel est le lieu dans Bordeaux où il se débite le plus de mensonges ? — Parbleu, mon cher, c'est sans doute dans ton recueil. — Ho, non , du tout, c'est dans un lieu bien plus lugubre , ma foi. — Et où donc est-ce ? — Tu veux le savoir : hé bien, c'est à la Chartreuse. — Comment, à la Chartreuse ? — Et oui , parce que tous les jours on y fait des *fausses nouvelles* (fosses nouvelles).

— Ah, je vais te donner une leçon

de cure. — Comment ferais-tu pour nettoyer un puits avec une diligence à quatre chevaux ? — Hé bien, tu n'as qu'à prendre la diligence de *Reims et Lepuy* (rincer le puits).

— *Idem* pour nettoyer les dents. — On n'a qu'à prendre la diligence de *Reims et Sédan* (rincer ses dents).

— Quelle est la sainte dans le paradis dont on se sert pour amuser les moutards ? — Tu ne devines pas ? — Hé bien, c'est sainte Marie, parce qu'elle est une *marionnette* (Marie honnête).

— Pourrais-tu me dire quel est le roi le plus anthropophage ? — Non. — Hé bien, c'est le roi de Sardaigne, mon ami, parce qu'il mange des *pois Sardes* (poissardes) marchandes de poissons.

—Titi, mon ami, dis-moi, je te prie, quel est l'homme que les confiseurs de cornichons aiment le plus ? — Ma foi, c'est sans doute... je ne sais pas.— C'est un homme d'Afrique, attendu qu'il *vinaigre* jusqu'à sa mort (vit nègre).

— Le pape, en venant au monde, a hérité d'un bien beau palais. — Dis-moi un peu, en quel lieu, s'il te plaît ? — Sais pas. — C'est à côté de *Sédan,* mon ami (ses dents).

— Quelle était la voiture qui, au convoi des cendres de Napoléon pesait le moins ? — C'était celle du nonce, probablement.— Pas du tout : c'était celle qui était *devant* (de vent).

—Sais-tu quelles sont les gens qui sont toujours riches ? — Non. — Hé bien, ce sont les vanniers, parce qu'ils sont toujours dans *les anses* (l'aisance).

— Devine pourquoi, quand je passe à la Bourse, tous les changeurs me demandent si je veux changer de l'argent, toujours en regardant ma figure? — C'est sans doute parce qu'ils pensent que tu en as. — Mais où? — Et dans tes poches ou dans tes mains. — Tu es dans l'erreur : c'est sur mon visage, parce que j'ai *là mon nez* (monnaie).

— Pourrais-tu me dire quel est le jeu où il entre le plus de mathématiques? — Non. — Hé bien, c'est dans le jeu *des cartes* (Descartes, grand mathématicien).

— Pourquoi les Carthaginois se gantaient-ils? — C'est parce qu'ils craignaient *les Romains* (l'air aux mains).

— Tu as grand appétit, mais tu as commencé un ouvrage que tu voudrais achever; que faut-il que tu fasses pour satisfaire tes sens? — Ma foi, cher ami, je ne sais pas trop. — C'est tout bonnement de ne pas le faire jusqu'à la *fin* (faim).

— Quels sont les hommes, dans une ville, qui sont en artifice dans des lieux très-froids? — Ce sont les miroitiers, parce qu'ils sont au milieu des *glaces*.

— Quelles sont les personnes qui négocient sur les choses les plus vilaines? — Ce sont les laitières, parce qu'elles sont marchandes de *lait*.

— Dis-moi un peu, qui est-ce qui t'a

mis au monde? — Parbleu, mais c'est ma mère? — Tu es dans l'erreur, car tu sauras que c'est la *salsepareille*. — En voilà une belle... tu dis que c'est... ho!.. et comment cela, s'il te plaît? — Tout bonnement, parce qu'elle *est ta mère* (elle est ta mère) [1].

Un jour je fis ce calembourg à un monsieur; je n'avais pas achevé de parler, qu'il me quitta précipitamment. Me doutant qu'il allait le rapporter à quelqu'un (ce monsieur était grand amateur de calembourgs), je le suivis sans qu'il s'en aperçût; à peine avais-je fait cinq minutes de chemin, qu'en effet mon homme en rencontra un autre. Après les compliments d'usage, il lui dit : Monsieur, pourriez-vous me dire qui vous a mis au monde? — Farceur,

[1] Il faut tutoyer la personne à qui l'on veut faire ce calembourg.

c'est ma mère, répondit le monsieur. — Du tout: c'est la salsepareille, parce qu'elle est *votre mère*. — Comprends pas...

— Quelles sont les gens, dans une ville, qui vendent du crédit et des pro-tections? — Ce sont les marchands mercier, parce qu'ils négocient les *fa-veurs*.

— Pourrais-tu me dire quel est l'a-nimal le plus musical? — Ma foi, cher intime, c'est sans doute la cigale.—Ho, non : c'est une *puce*. — Et pourquoi, s'il te plaît? — Pourquoi? parce qu'elle fait des *ouvertures de bête aux veines* (Bethowen).

— Dis-moi un peu, quand est-ce qu'un arbrisseau est bon à boire?.. tu ne sais pas ? — Non. — Hé bien, c'est quand il est *verdelet* (verre de lait).

— Quels sont les hommes qui ont le plus de franchise, le plus de courage, etc.? — Je ne devine pas. — Ce sont les choristes, parce qu'ils sont des hommes de *chœur* (de cœur).

— Quels sont les hommes, dans une ville, qui manquent toujours de parole? — Ce sont les fabricants d'outils, parce qu'ils font souvent *défaut* (des faux).

— Ah, ah, dis-moi, s'il te plaît, pourquoi une négresse qui aime les bijoux d'ambre est toujours caressante? — C'est parce qu'alors elle aime qu'on lui offre de *l'ambre assez souvent* (de l'embrasser souvent).

— Quels sont les hommes que les pharmaciens aiment le plus ? — Ce sont, sans doute, ceux qui leur achètent des médicaments le plus souvent. — Pas du tout : ce sont les fabricants d'allumettes. — Et pourquoi ? — Parce qu'ils *souffrent* toujours (ils soufrent).

— Quel est, en trois lettres, notre première tragédienne ? — Je ne sais pas. — H R L (hé Rachel).

— Quand est-ce que les cheveux deviennent des lettres ? — C'est quand ils sont R I C (hérissés).

— Quel est le mot, en deux lettres, que les assassins craignent le plus ? — C'est le J B (gibet).

— Quand est-ce que les œufs deviennent des lettres ? — C'est quand ils sont K C (cassés).

— Quelles sont les choses, en deux lettres, que les avares aiment le plus ? — Ce sont les E Q (écus).

— Quand est-ce qu'un poulet devient des lettres ? — C'est quand il est D P C (dépécé).

— Quel est le mot, en deux lettres, que les poètes ont le plus besoin ? — C'est I D (idée).

— Quand est-ce que les hommes deviennent des lettres ? — C'est quand ils deviennent idiots, parce qu'alors ils sont E B T (hébétés).

— Quel est le mot, en trois lettres.

que disent très-souvent les usuriers? — C'est P I E (payez).

— Dis-moi, quand est-ce que le chocolat devient des lettres? — Hé bien, mon ami, c'est quand il est E P (épais).

— Quand est-ce qu'un homme devient des lettres? — C'est quand on le fait A B abbé.

— Quels sont les lettres qui rapportent de grands bénéfices aux curés? — Ce sont les D C (décès).

— Quand est-ce qu'un morceau de bois devient un chiffre et une lettre? — C'est quand il est 6 E (scié).

— Quand est-ce qu'un habit a le plus de valeur et qu'il est un chiffre? — C'est quand il est 9 (neu

— Pourquoi les bossus sont-ils des lettres ? — Parce qu'ils sont B C (baissés).

— Quelle est la lettre que les Anglais aiment beaucoup ? — C'est le T (thé).

— Quand est-ce qu'un ouvrage devient des lettres ? — Mais, c'est quand il est H V (achevé).

— Quand est-ce que l'argent devient des lettres ? — C'est quand il est A J O T (agioté).

— Ah, tu vas me dire quand est-ce qu'un animal devient des lettres ? — Ma foi, je ne sais pas. — Hé bien, c'est quand il est A G (âgé).

— Ho, cette fois-ci, tu devineras

celui-ci : quand est-ce que la mer devient des lettres? — Mon très-cher, c'est quand elle est A J T (agitée).

— Quand est-ce qu'une voiture devient des lettres? — C'est quand elle fait un K O (cahot).

— Quelle est la chose, en deux lettres, la plus utile aux officiers? — C'est une E P (épée).

— Pourquoi, le jour des *Rameaux*, toutes ces petites branches que tiennent les enfants dans les églises au moment qu'on fait la procession, nous représentent et nous rappellent-elles le plus *grand poète chansonnier* de nos temps? — Ma foi, mon ami, je suis très-embarrassé de te le dire. — Hé bien, c'est parce que ce sont des *bais rangés* (Béranger).

— Quels sont les animaux qui mangent les punitions que l'on donne aux élèves? — Ce sont les porcs, puisqu'ils mangent des *pains-son* (des pensums).

— Quels sont les hommes qui, de leur maison étant, sont dans des champs? — Ce sont les potiers d'étain, parce qu'ils sont au milieu des *champs de lierres* (chandeliers).

— Quels sont les hommes dont on pourrait se servir pour se ganter? — Ce sont les hommes de *Gand* (gants).

— Quelle est la ville la plus poétique? — C'est celle qui est *en vers* (Anvers).

— Quelle est la ville qui pourrait servir à faire des bonnets? — C'est la ville de *Tulle*.

— Dans une famine, à quels hommes faudrait-il avoir recours pour avoir du froment tout préparé? — Je ne sais pas. — Hé bien, c'est aux marchands de denrées coloniales. — Pourquoi? — parce que ce sont des *épi sciés* (épiciers).

— Quel est l'homme, dans une ville, qui a le plus de fermeté? — Hé bien, c'est un imprimeur, puisque c'est un homme à *caractères* (caractère).

— Quelle différence fais-tu entre un menuisier et un curé? — C'est que l'un fait des *bancs* et que l'autre ne fait que les publier.

— Quels sont les hommes, dans une ville, qui sont supérieurs aux autres hommes? — Hé bien, mon ami, ce sont

les balanciers, puisqu'ils *font les maî-
tres* (mètres).

— Quels sont les hommes qui vendent de bonnes ou de mauvaises ac-
tions ? — Hé bien, mon ami, ce sont les
marchands *d'œuvres*.

— Quels sont les hommes qui ont le
pouvoir de faire des oiseaux ? — Ce sont
les serruriers, puisqu'ils font des *rossi-
gnols*.

— Comment ferais-tu pour faire pa-
raître une éclipse de lune en plein midi ?
— Mon ami, je crois que c'est une chose
un peu difficile. — Pas du tout : tu n'as
qu'à prendre deux pipes, en cacher une
avec la main, et alors tu auras une
éclipse de *lune* (l'une).

— Quels sont les hommes, dans une

ville ou dans un village, qui marchent tout de travers? — Hé bien, intime, ce sont les forgerons, puisqu'ils font des *esses*.

— Dis-moi, dans quel lieu est-ce que l'on soigne les pieds des français? — Mais c'est à l'hôpital ou chez eux. — Pas du tout : c'est dans un haras. — Pourquoi? — Parce qu'on y soigne *l'étalon français* (les talons).

— Quel moyen emploirais-tu pour avoir un bel appartement pour deux sous? — Ce serait un peu difficile, je crois. — Pas du tout : tu n'as qu'à acheter un petit Bonaparte, lui casser un bras, et tu auras un bon appartement chaud (Bonaparte manchot).

— Quand est-ce que les femmes font

des coffres pour serrer des habits? — Je ne sais pas. — Hé hien, c'est tout bonnement quand elles font des garçons, puisque ce sont des *malles* (mâles).

— Quelles sont les gens qui font le plus de *boulettes?* — Hé bien, mon ami, ce sont les pâtissiers, puisqu'ils font des *brioches*.

— Pourquoi les tailleurs font-ils de vilaines lettres? — C'est parce qu'ils font des J laids (gilets).

— Quels sont les hommes qui font le commerce de filles de la lune? — Hé bien, mon ami, ce sont les opticiens. — Pourquoi? — Parce qu'ils vendent des *lunettes*.

— Quand est-ce que nous mangeons

des animaux excessivement sale ?— Hé bien, mon ami, c'est quand nous mangeons des *chats teigneux* (châteignes).

— Quelles sont les choses qui courent sans cesse ? — Ce sont les anciens actes, parce qu'ils sont toujours *par chemin* (parchemins).

— Dis-moi, s'il te plaît, quelles sont les personnes qui font de l'harmonie volante ? — Hé bien, cher intime, ce sont les fondeurs de suif. — Et pourquoi ? — Parce qu'ils font des *chants d'ailes* (chandelles).

— Devine en quel endroit presque toutes les personnes, et particulièrement les dames, portent des *coquins*. — Sais pas. — Hé bien, c'est aux doigts. — Comment, aux doigts ? — Et oui, puisqu'on y met des *bas gueux* (bagues).

— Ah ça, mon ami Blanc-Blanc, dis-
moi un peu, pour le quatre-vingt et je
ne sais combien, pourquoi l'homme
d'Afrique est noir? — Pourquoi? ma
foi je ne sais; d'ailleurs ma tête s'em-
brouille. — Hé bien, mon ami, c'est...
c'est... c'est parce qu'il n'est pas blanc.

Tout chicard doit avoir sur lui une carte analogue au personnage qu'il représente, parce que quand il *s'engueule* avec un autre et que le colloque devient un peu trop animé, ils doivent mutuellement échanger leur adresse, ce qui vaut beaucoup mieux que les coups de poings qui finissent presque toujours par faire mettre les deux champions à la porte du bal, — et de là, très-souvent, au *violon*.

JUPITER,

Aujourd'hui maître et seul souverain de l'empirée, commandeur de l'ordre du tonnerre, de la bouffarde, etc., etc. ;

Demain, — premier commis de M. Casse-Briquets, fabricant d'allumettes à la congrève qui ne brûlent guère, et de veilleuses qui ne veillent pas.

BOLERO BURLESQUE,

Généralissime des armées du chassé-partout, commandeur de la blague, chevalier du brûle-geule et de l'ordre de ce qui tient le bas, demeurant vis-à-vis une boutique.

FICH-TONG-KAN,

Premier mandarin de l'empereur dent-ding, moug-tong tar-tar, THONG-KING de *Ko-gnac*, domicilié dans le soleil, rue qui chauffe, numéro brûle.